LE
PRIEURÉ D'AUVERS-LE-HAMON

PAR

L'ABBÉ E. TOUBLET

LABORE ET SPECTA

MAMERS

IMPRIMERIE FLEURY

—

1910

(LIBRAIRIE CLASSIQUE)

LE

PRIEURÉ D'AUVERS-LE-HAMON

PAR

L'Abbé E. TOUBLET

MAMERS

IMPRIMERIE FLEURY

—

1910

FONDATION

DU

PRIEURÉ D'AUVERS-LE-HAMON

Auvers-le-Hamon (Alversus, Aversae, Adversae-Hamonis), paroisse du doyenné de Brûlon et de l'archidiaconé de Sablé, aujourd'hui du canton et du doyenné de Sablé, n'est mentionné dans aucun document historique avant le XIe siècle. Son origine, comme celle de la plupart, se perd dans la nuit des temps. Sa délimitation actuelle remonte probablement à l'époque où ont été établis les bourgs épiscopaux voisins de Solesmes et de Saulges, c'est-à-dire au sixième siècle.

Cauvin, dans sa *Géographie ancienne du diocèse du Mans*, a cru pouvoir traduire par Auvers l'expression *villam de Angono* et *Angor*, qui se lit dans le Diplôme de Charlemagne de 802, où le grand empereur fait rentrer au pouvoir de l'église cathédrale du Mans les domaines ecclésiastiques usurpés par les seigneurs laïques à la faveur des troubles suscités en France sous Charles Martel. Cette assertion est contredite par les données étymologiques qui ne permettent pas de traduire Angonum par Auvers.

Toutefois il est certain que la paroisse d'Auvers existait de temps immémorial et que l'église était au pouvoir du seigneur du lieu.

C'est au XIe siècle que le nom d'Auvers (Alversus) apparaît pour la première fois dans l'histoire ; mais il apporte avec lui un problème historique que la sagacité des critiques moderñes n'est pas encore parvenue à résoudre. Nous sommes obligé de l'étudier à notre tour dans l'espoir d'aider à la solution par le fruit de nos humbles recherches.

Maucourt de Bourjolly, dans son *Mémoire chronologique sur la ville de Laval* (1), affirme que le prieuré d'Auvers-le-Hamon fut fondé par Guy I de Laval et son fils aîné Hamon et par eux donné à l'abbaye de la Couture, sous le pontificat de Sigefroy de Bellême, évêque du Mans, « præsente Roberto de Antramnis, anno M II » (1002). Il y a dans cette assertion deux erreurs chronologiques qui lui enlèvent toute vraisemblance. L'évêque Sigefroy était mort en 997, et Guy ne fut seigneur de Laval qu'en 1018 au plus tôt.

Le Corvaisier, Bondonnet, D. Briant, Le Paige et autres, mentionnent que Hugues I, comte du Maine, du temps de Sigefroy, consentit à l'indemnité du prieuré d'Auvers-le-Hamon, qu'un nommé Guy d'Avoise fonda et donna à la Couture (2).

Dom Piolin, qui n'a fait que copier ces écrivains, ajoute, d'après Pesche, que Hugues approuva la donation que Guy d'Avoise en fit à l'abbaye de la Couture, avec l'acceptation de l'abbé Gauzbert et la ratification de Jean et Hamon, fils de Guy, en présence de l'évêque Sigefroy. Il fait remarquer en note qu'il ne faut pas confondre cette première fondation avec la ratification faite en 1050 ou environ par l'un des descendants du fondateur (3).

Cette prétendue donation du prieuré d'Auvers par Guy d'Avoise à l'abbaye de la Couture en 1002, ratifiée par Hugues I et l'évêque Sigefroy est une erreur trop facilement acceptée par les écrivains. Il y eut bien, comme nous le dirons dans la suite, une première fondation du prieuré

(1) Tome I, page 103, édition de 1886.
(2) Le Corvaisier, p. 326. — Bondonnet, p. 398. — Le Paige, t. I, p. 54. — Briant, Cenomania.
(3) *Histoire de l'Église du Mans*, t. III, p. 19, 184, 241. — Pesche, art. Auvers-le-Hamon.

d'Auvers, indemnisée par le comte du Maine, mais l'auteur n'en fut pas Guy d'Avoise, ni les bénéficiaires, les religieux de la Couture.

Quant au nom du fondateur, les historiens sont en complet désaccord. Tous les écrivains Manceaux l'appellent Guy d'Avoise. Les Lavallois veulent que ce soit Guy de Laval, qui avait précisément deux fils Jean et Hamon. M. Boullier avait cherché à concilier les deux opinions en faisant de Guy d'Avoise et de Guy de Laval un seul et même personnage (1).

La question du prieuré d'Auvers a été serrée de plus près, discutée avec compétence, mais résolue en sens divers, à propos de l'origine des premiers seigneurs de Laval, par M. l'abbé Angot, *Dictionnaire de la Mayenne*, par M. Bertrand de Broussillon, *La Maison de Laval*, et par M. Robert Latouche, dans le *Bulletin de la Commission historique et archéologique de la Mayenne*.

Nous n'avons pas d'autres sources pour élucider l'origine du prieuré d'Auvers que trois documents, d'inégale valeur, il est vrai, mais d'une importance capitale dans le débat : 1° le jugement porté par Guillaume le Bâtard, alors comte du Maine, à Domfront, au sujet des revendications des moines de la Couture (1064) ; 2° la charte de fondation du prieuré, et 3° la confirmation de cette charte par le comte Hugues II du Maine (vers 1050). Ces deux dernières pièces sont insérées en entier dans le Cartulaire de la Couture, n°ˢ x et xi.

Nous plaçons en première ligne la sentence de Guillaume le Bâtard, parce que c'est un document incontestable, qui prouve péremptoirement que les seigneurs de Laval sont les véritables fondateurs du prieuré d'Auvers (2).

(1) *Recherches historiques sur la ville de Laval.*
(2) Jugement de Domfront.
Original : Archives du Loiret.
Publié par : 1° M. de la Beauluère, *Revue des Sociétés Savantes.*

Guy I de Laval avait conçu le projet de fonder une abbaye près de son château de Laval. Il donna à un moine de Saint-Calais, nommé Guérin, qui s'était insinué dans ses bonnes grâces, un terrain suffisant pour y construire une abbaye et y former un bourg. Comme première dépendance de son futur monastère, Guy donna son château d'Auvers, l'église et le bourg. Guérin y établit un prieuré sous le vocable de Notre-Dame. Cette première fondation dont il n'existe plus aucun titre, eut lieu dans la première moitié du XIe siècle (1).

Mais l'ambitieux moine échoua dans son entreprise ; il fut assassiné, sans doute pendant le cours d'un pèlerinage que fit à Jérusalem Guy de Laval (1040). Celui-ci reprit l'objet de ses libéralités, et vers 1050, il offrit à l'abbaye de Marmoutier, où son fils Jean s'était fait moine, l'établissement de Laval qui prit le nom de prieuré de Saint-Martin, et à l'abbaye de la Couture l'établissement d'Auvers, comme l'avait possédé Guérin.

Plus tard, les religieux de la Couture, jaloux de voir des moines étrangers s'installer à Laval, leur contestèrent cette possession, sans tenir compte des obligations que la reconnaissance leur imposait envers leurs bienfaiteurs. Ils prétendirent donc que Guy de Laval leur avait donné tout ce qui avait appartenu à Guérin, c'est-à-dire Auvers, et le bourg de la porte rennaise, comme dépendance d'Auvers.

Guy crut trancher la question, en affirmant devant les deux parties en présence à Laval, qu'il avait donné le terrain situé près de la porte de son château à Guérin pour y construire un bourg et un monastère dont il devait être

2e série, III, 515 ; 2º M. Bertrand de Broussillon, *La Maison de Laval*, 1, 39.

(1) Dom Le Michel avait vu au chartrier de Saint-Martin la charte contenant les concessions de Guy de Laval au malheureux moine, attestée par les mêmes témoins qui plus tard figurèrent à la donation faite à Marmoutier et revêtue des mêmes marques de solennité. A. Angot. *Dictionnaire de la Mayenne*, t. II, 593.

abbé, mais en stipulant que le monastère de Laval aurait pour dépendance l'église d'Auvers et tout ce que Guérin pourrait acquérir.

Renauld, abbé de la Couture, ne se contenta pas de cette affirmation ; il voulut encore obliger Guy au serment et au jugement de Dieu, sans tenir compte des lois canoniques qui proscrivaient ce genre d'épreuve, maintenu par l'usage. Guy ne recula pas devant les exigences de son adversaire et proposa, pour tenter l'épreuve judiciaire, un de ses hommes nommé Sibald, à Renauld qui se trouvait alors à Evron (1).

L'affaire fut portée d'abord devant l'évêque d'Angers, qui se récusa, et enfin devant Guillaume le Bâtard, au Mans. Celui-ci, craignant que les juges du Mans ne se laissassent influencer par l'autorité de l'abbé de la Couture, fit étudier plus attentivement le procès par son conseil, et à Domfront il rendit une sentence par laquelle il déchargeait Guy de Laval de l'épreuve judiciaire et l'obligeait seulement à affirmer par serment qu'il n'avait donné le terrain en litige ni à Guérin pour qu'il fut une dépendance d'Auvers, ni aux moines de la Couture lorsqu'il leur avait donné l'église d'Auvers (2).

Sur le refus de Renauld d'accepter le serment de Guy, Guillaume adjugea définitivement aux moines de Marmoutier la libre jouissance de leur prieuré de Saint-Martin ; les moines de la Couture furent déboutés de leurs revendications.

De ce document très authentique, il ressort avec la dernière évidence qu'il y avait eu un premier établissement du prieuré d'Auvers en faveur de Guérin, mais que cette

---

(1) *Histoire de Marmoutier*, par D. Martène, t. 1, p. 339.

(2) La sentence de Domfront est signée par le comte Guillaume, Eudes, évêque de Bayeux, son frère utérin, Jean, évêque d'Avranches, Hugues, abbé de Loulay, Hamon de Laval, fils de Guy, Goslin d'Antheuaise, Bouchard de Chaources, Lisiard d'Auvers et son fils Goslin, etc.

donation était devenue caduque par l'insuccès du malheureux moine, et qu'ensuite Guy de Laval avait donné à l'abbaye de la Couture le monastère d'Auvers tel que l'avait possédé Guérin.

Quant aux deux chartes de la fondation publiées dans le Cartulaire de la Couture, elles ont été passées au crible de la plus minutieuse critique par M. Bertrand de Broussillon, dans la préface de son savant ouvrage, *La Maison de Laval*, p. 5 et seq., où il conclut que les chartes sont fausses, à cause des erreurs chronologiques qu'elles renferment, de la forme insolite de leur rédaction, et qu'au surplus Guy de *Denacé* est un personnage imaginaire qui ne saurait être identifié avec Guy I de Laval.

M. Robert Latouche, dans un article intitulé : *L'Origine des Seigneurs de Laval, fondation du prieuré d'Auvers-le-Hamon* (1), après avoir rappelé les arguments de M. Bertrand de Broussillon, tranche radicalement la question en supprimant le problème. Pour lui les deux chartes sont des faux et ont été rédigées longtemps après les faits qui y sont indiqués.

Leur fausseté est prouvée : 1° par les mentions et souscriptions de personnages qui n'existaient pas ou n'exerçaient pas leurs fonctions à l'époque ; 2° par la forme des deux actes où il est question de sceaux et de cire verte qui n'ont été employés qu'au XIIᵉ siècle.

M. Latouche avance, sans donner ses preuves, que les moines ayant perdu ces actes ou ne les ayant jamais eus, les ont faits ou refaits à l'occasion de leurs procès et pour les besoins de leur cause, et par une suite de déductions qui font honneur à son imagination, il nous initie à tous les secrets de la cuisine savante et compliquée qui a servi à assaisonner les deux pièces.

(1) *Bulletin de la Commission historique et archéologique de la Mayenne*, t. XXIII, p. 199.

« En résumé, dit-il, la donation d'Auvers-le-Hamon par Guido de Danazeio aux moines de la Couture et la confirmation de cette donation par Hugues II du Maine, sont des faux qui paraissent avoir été fabriqués par les moines de Saint-Pierre de la Couture, entre 1190 et 1193, pour justifier certaines prétentions soulevées à l'occasion de quatre procès. Le prétendu donateur Guy de Denazé est un personnage imaginaire, et il est vain de l'identifier avec le premier seigneur de Laval, quelque séduisante que semble l'identification. »

À la suite de M. l'abbé Angot, nous n'admettons pas les conclusions de M. Latouche ; les deux chartes contestées ont pu être remaniées postérieurement et surchargées de signatures sans souci des anachronismes ; mais le fond en est vrai et les faits historiques qu'elles rapportent concordent parfaitement avec ceux énoncés dans le jugement de Guillaume-le-Bâtard, document dont personne ne conteste l'authenticité.

« Guy de Laval et le donateur d'Auvers-le-Hamon sont bien le même personnage, le jugement de Domfront est positif ; c'est bien Guy de Laval qui est le donateur ; mais pourquoi dans les deux chartes est-il qualifié de Guido de Danazeio ? Avant d'être seigneur de Laval, Guy ne portait-il pas un titre tiré d'une localité de la Champagne du Maine ? par exemple de l'ancienne seigneurie de *Denezé* ? » (1). Ici M. l'abbé Angot touche à la solution du problème.

Le Cartulaire imprimé porte Guido de *Danazeio* et *Danaceio*, que les uns ont traduit par Guy d'Avoise, les autres par Avessé et Denazé. Nous soupçonnions que cette lecture était fautive, car les fautes abondent dans l'édition des Bénédictins, et pour en avoir le cœur net, nous avons fait appel à l'obligeance de M. L'hermitte, archiviste de la Sarthe,

(1) Voir dans le *Bulletin de la Commission de la Mayenne*, t. XXIII, p. 386, la réponse de M. l'abbé Angot à l'article de M. Latouche.

qui a bien voulu lui-même examiner le manuscrit original où il a lu, sans la moindre hésitation, *Guido de Danareio* répété quatre fois de suite dans le texte (1). Il n'y avait plus de doute possible ; il ne peut plus être question d'Avoise, Avessé ou Denazé ; Danareium doit être traduit par Deneré. Or Deneré, en Avoise, était anciennement le chef-lieu de cette partie de la Champagne du Maine qui porta plus tard le nom de Champagne-Hommet. Cette seigneurie, dont l'origine remonte à l'établissement de la féodalité, était possédée directement par les seigneurs de Laval. Avant d'avoir reçu l'inféodation de Laval et bâti la forteresse, Guy était seigneur de Deneré et c'est comme seigneur de Deneré qu'il dispose d'une partie de son fief en faveur des moines de la Couture, et qu'il sollicite la ratification du comte du Maine. Il n'y avait pas lieu de faire intervenir son titre de seigneur de Laval.

Les successeurs de Guy de Laval continuèrent à posséder directement la seigneurie de Deneré ou Champagne jusqu'en 1239, où elle fut donnée à Ahoïse de Laval, lors de son mariage avec Jacques de Châteaugontier, d'où elle passa dans la maison des Vicomtes de Beaumont, mais elle continua à relever féodalement de Laval, comme nous le voyons par les aveux.

En 1408, Jeanne de Beaumont, dame de Champagne et veuve de Guillaume de Villiers, seigneur du Hommet, fait aveu au comte de Laval, « pour son domaine de Deneré et la motte du contourt où souloit estre anciennement le chastel du lieu » (2).

En 1542, Jacques de Maillé s'exprime ainsi : « Pour raison de mad. chatellenie, terre et seigneurie de Champagne et pour mon domaine et manoir de Deneré, sis paroisse

---

(1) Nous exprimons notre vive gratitude à M. l'Archiviste de la Sarthe qui nous a autorisé à nous servir de son nom comme garantie de la bonne lecture du manuscrit.

(2) Chartrier de Juigné ; Archives de Champagne-Hommet.

d'Avoise, avec la motte où souloit être anciennement le chastel du lieu, avec les douves, fossés, cloisons d'icelles, le tout en un tenant, contenant en maisons, chapelle, jardins, vergers, maquis, garennes à connils défensables, fuye à pigeons, mazerils et places de maisons où souloit être le hébergement et chastel dud. lieu de Deneré, six ournaux de terre ou environ » (1).

Dans un mémoire rédigé au XVIII⁰ siècle par M. Bignon, avocat au Parlement, pour M. le marquis de Juigné, nous trouvons la mention suivante :

« La Châtellenie de Champagne est une des parties intégrantes du Comté de Laval. Elle était autrefois une portion de l'ancienne baronnie de Laval, et elle n'en a été séparée que par parage. Pendant que le parage a duré, elle a toujours été comprise dans les aveux de Laval. Depuis que le parage est fini, elle relève, il est vrai, en franc-fief, mais elle n'en est pas moins une des parties intégrales. Lors de l'érection du présidial de Châteaugontier, la Champagne-Hommet ayant été par erreur attribuée à ce présidial, M. de la Trémouille s'en plaignit et obtint un arrêt qui l'en retira » (2).

Guy I de Laval était donc bien seigneur de Deneré ; nous en trouvons encore la preuve dans une pièce très authentique, dans une charte du Livre-Blanc du chapitre. Guy, sur le point de partir pour un pélerinage en Terre-Sainte, abandonne au chapitre du Mans, les coutumes qu'il avait mises injustement sur la paroisse d'Asnières. Il est à remarquer que dans ce document, il est appelé Guy, sans autre qualification ; mais son identité avec Guy de Laval est assurée par la confirmation postérieure de son fils Hamon, d'Hersende sa femme, de Guy et Hugues, ses fils, et des témoins : Yves Le Franc, Lisiard d'Arquenay, Vivien

(1) Chartrier de Juigné.
(2) Mémoire de M. Bignon, 1703. (Cabinet de M. Edouard de Lorière).

de Monfrou, Hugues d'Orange, Foucher d'Asnières, etc. (1).

De quel droit Guy de Laval avait-il pu se permettre d'imposer des redevances féodales à une paroisse qui appartenait au chapitre ? Ce n'est pas comme seigneur de Laval, mais comme seigneur de Deneré dont la juridiction s'étendait sur Avoise, Juigné, Fontenay, Chantenay, Chevillé, Poillé, Auvers, Avessé, Viré, Cossé, au milieu desquelles est enclavée la paroisse d'Asnières. Il avait succombé à la tentation de réunir à son domaine de Deneré un bien qui en avait fait partie autrefois, et pour tranquilliser sa conscience il en opère la restitution.

Pour éclairer notre discussion, il est nécessaire de mettre sous les yeux du lecteur la charte de la fondation du prieuré d'Auvers; nous n'en reproduirons que les parties essentielles, en laissant de côté le préambule et les souscriptions qui semblent des interpolations.

« Ego, in nomine Domini, Wido de Danareio, favente meo seniore Hugone Cenomanensium comite et filio suo Herberto, meis quoque filiis annuentibus, Johanne atque Hamone, cum ceteris fidelibus meis, concedo ad monasterium Sancti Petri de Cultura quoddam monasterium quod Alversus dicitur, in honore Dei Genitricis Marie sacratum, quatinus ab ipsius cenobii Sancti Petri monachis in hoc monasterio Sancte Marie serviatur pro remedio anime mee . . . . . Burgum inibi situm annuo cum vicaria omnium hominum in meo dominio sive in burgo sive extra burgum manentium, ut prefati monachi ita libere et quiete burgum illum cum hominibus et vicaria possideant sicuti ego et antecessores mei possedimus. Concedo etiam monachis illis omnes consuetudines in meo dominio undecumque exeuntes sive ab hominibus meis sive ab extraneis, sive in burgo sive extra burgum, sive in publica via, sive extra publicam

(1) *Livre blanc*, n° 48. Voir l'ouvrage de M. Edouard de Lorière, *Asnières-sur-Vègre*, p. 13. — *La Maison de Laval*, t. I. p. 21.

viam . . . . . Annuo quoque eis furnum cum pressorio et omnes decimas predicte ecclesie ad meum dominium pertinentes, cum sepultura. Medietatem quoque unius molendini eis concedo et molturam omnium meorum hominum sive in burgo sive extra burgum manentium, cum una medietaria. Si vero aliquis meorum hominum prefatis monachis partem terre sue pro anime sue remedio conferre voluerit, omnem exactionem que mihi exinde reddi solet, sive talleiam sive aliusmodi servicium monachis dimicto et concedo. Hec omnia monachis ita libere et quiete possidenda annuo sicuti a domino meo Hugone, cenomanensium comite possedi. Concedo quoque ut presbyter ab abbate Culture et monachis ponatur, necnon terram que ante portam nostri castelli est ad oratorium construendum et subburgum do, uti Guarinus possedit.

Actum est hoc in Cenomanica urbe, in presentia domini mei Hugonis comitis, in die Palmarum, in ecclesia sanctorum Gervasii et Protasii, regnante rege Francorum Henrico » (1).

Examinons le texte de cette charte et exposons les raisons qui nous font croire à son authenticité.

Le faussaire qui, d'après M. Latouche, a composé cette pièce vers 1190, c'est-à-dire près de 150 ans après la fondation de Guy de Deneré, ne peut être autre que Geoffroy de Sonnais, prieur d'Auvers-le-Hamon, que nous voyons revendiquer énergiquement les droits concédés par l'acte de fondation contre les particuliers qui avaient usurpé sur ses droits de voirie, de coutumes, de four et de pressoir. Avant d'entamer ses procès, il commence par se faire délivrer par

(1) Mentionnons seulement les témoins qui figurent dans le manuscrit de la Couture et qui semblent appartenir à la rédaction primitive de la charte : Hoc vidit Bertha comitissa. — Fulco de Chiviliaco. — Lescardus de Alversis. — Odo Rufus. — Hamelinus de Vilers. Le reste ne figure que dans le Cartulaire d'Auvers et semble avoir été ajouté postérieurement.

Guy V de Laval une nouvelle reconnaissance des droits conférés par ses ancêtres au prieuré d'Auvers, et spécialement de ceux qui lui étaient contestés. Il savait donc parfaitement qu'il tenait son prieuré de la générosité des seigneurs de Laval. En composant sa pièce, il n'aurait pas mis Guy de Deneré, mais Guy de Laval pour lui donner une plus grande autorité. En supposant qu'il ait remanié l'acte de fondation, il faut admettre au moins qu'il en a respecté les termes avec une scrupuleuse exactitude.

C'est donc bien la reproduction du document primitif et une preuve de plus en faveur de l'identification de Guy de Laval et de Guy de Deneré. Une autre coïncidence, c'est qu'ils ont les mêmes fils, Hamon, deuxième seigneur de Laval, qui a donné son nom à Auvers et Jean qui se fit religieux à Marmoutier.

Guy de Deneré ne donne pas à la Couture un terrain pour bâtir un monastère, mais un monastère déjà dédié à Notre-Dame, afin que les moines de la Couture puissent prier dans ce monastère de Sainte-Marie pour le repos de son âme et de celles de ses parents. Or nous savons par le jugement de Domfront que Guy de Laval l'avait donné auparavant à Guérin. L'expression, « uti Guarinus possedit », ne vient-elle pas confirmer la vérité des faits ?

Il est difficile de juger à distance les motifs qui portèrent les moines de la Couture à faire un procès à Guy de Laval en revendication du prieuré de Saint-Martin. A première vue, on est tenté de les accuser de mauvaise foi et d'ingratitude. C'est possible, mais ils devaient avoir des raisons plus sérieuses. Devant les juridictions où le procès fut porté à Laval, à Angers, au Mans et à Domfront, les moines durent produire des pièces pour justifier leurs réclamations. M. Bertrand de Broussillon dit que « si en 1064, ils avaient pu s'armer d'une charte émanée de Guy et conforme à la charte X et de la confirmation du comte Hugues, ils n'auraient pas manqué de les faire intervenir dans le débat contre les moines de Marmoutier, et ne se fussent pas laissé condamner par Guillaume le Conquérant, sans opposer au serment de Guy le document qui démentait ses dires » (1). Ici l'argumentation du savant critique porte à faux. Comme preuve de la justice de leurs réclamations, les moines de la Couture n'avaient pas d'autre pièce à présenter que leur charte de fondation qu'ils interprétaient en leur faveur grâce à l'amphibologie d'une phrase. La dernière phrase est celle-ci : « Concedo quoque ut presbyter in supradicta ecclesia ab abbate et monachis ponatur ; necnon terram que ante portam nostri castelli est ad oratorium construendum et subburgum do, uti Guarimus possedit ».

Dans le sens le plus obvie et en rapprochant la seconde partie de la phrase de la première, où il est question du curé d'Auvers, il faut entendre ces mots ainsi : Je donne aux moines le droit de présentation à la cure d'Auvers, je donne le terrain qui est devant la porte de mon château *d'Auvers* pour construire une église et le bourg, comme l'a possédé Guérin. C'était bien le sens que Guy de Laval affirmait véritable.

Mais en détachant le dernier membre de phrase du premier, les moines pouvaient dire à Guy de Laval : Vous nous avez bien donné Auvers ; mais vous nous avez donné aussi le terrain qui est devant la porte de votre château *de Laval*, pour y construire une église et un bourg, comme l'a possédé Guérin, afin d'en faire une dépendance d'Auvers. Tout le débat entre Guy de Laval et Renauld de la Couture, roule sur le sens qu'il faut donner aux paroles que nous avons citées. Renauld pouvait dire aux moines de Marmoutier : De quel droit vous emparez-vous de ce terrain ? Guy de Laval nous a donné le terrain qui est devant la

(1) *La Maison de Laval*, par M. le comte Bertrand de Broussillon : Préface.

porte de son château pour y construire une église et un bourg ; nous avons droit à tout ce que Guérin possédait : Voyez l'acte de fondation d'Auvers qui le met sous sa juridiction. — J'ai bien donné, répondait Guy, ce terrain à Guérin pour y bâtir un bourg et un monastère, mais à la condition que Guérin ferait dépendre de son monastère l'église d'Auvers et tout ce qu'il pourrait acquérir.

Dans le serment qu'il fit à Domfront, Guy soutint qu'il ne fallait pas entendre ces paroles dans le sens que lui attribuaient les moines de la Couture, et jura qu'il n'avait donné le terrain en litige ni au moine Guérin pour en faire une dépendance d'Auvers, ni aux moines de la Couture, quand il leur donna l'église d'Auvers. Il ajoutait que ceux-ci n'avaient aucun droit à la succession de Guérin, qui était moine de Saint-Calais.

Guy de Laval avait-il un château à Auvers ? Nous en avons la preuve dans un document authentique, dans un aveu fait par Adam Fumée, prieur d'Auvers, au comte du Maine, le 10 février 1546 : « S'ensuyt la déclaration des choses héritaux que nous, Adam Fumée, évesque de Columbre, prieur de Nostre Dame d'Auvers-le-Hamon, tenons et advouons tenir en nuesse de vous le Roy, nostre souverain seigneur à cause de votre compté du Maine au service divin, en garde et en ressort ; c'est à scavoir le hébergement et principal circuit édiffié sur partie *du vieil et ancien chasteau* encloux de murailles et doubves de nostre dict prieuré d'Auvers-le-Hamon, contenant tant en principal manoir, granges, estables, celiers, grainiers, pressouer et four à ban, prisons, court et jardin, un journau et demy de terre, sis près et joignant l'église parochiale » (1).

Le texte de la charte ; « terram que ante portam nostri castelli est ad oratorium faciendum et subburgum do, uti

(1) Chartrier de Juigné ; Archives de Champagne-Hommet.

Garinus possedit », concorde donc parfaitement avec les faits que nous connaissons.

Guy avait donné son château d'Auvers à Guérin pour en faire un prieuré. N'y a-t-il pas là une preuve matérielle de l'identité de Guy de Laval et de Guy de Deneré ? Les moines présentent à Guy de Laval leur titre de fondation en disant : Reconnaissez-vous nous avoir donné Auvers et le terrain qui est devant la porte de votre château ? Si Guy ne s'était pas reconnu sous la qualification de Guy de Deneré, il aurait dit tout simplement aux moines : Ceci ne me regarde pas ; adressez-vous à Guy de Deneré. N'est-ce pas aussi une preuve que les moines de la Couture possédaient déjà en 1064 un acte de donation en bonne et due forme, qui ne pouvait être autre que celui que nous possédons ?

Quant à la valeur historique des deux chartes de la fondation d'Auvers, il serait injuste de les rejeter d'une manière absolue à cause des marques extérieures d'authenticité qui leur manquent. Les moines possédaient en 1064 un document authentique sur lequel ils appuyaient leurs prétentions en lui donnant un sens qui n'était ni dans l'esprit ni dans l'intention de Guy de Laval, document qu'ils ont peut-être modifié dans certaines parties accessoires, qu'ils ont complété au XIIe siècle, par l'adjonction de formules et de noms propres, sans se soucier des anachronismes. Leur but était sans doute d'augmenter as valeur au point de vue légal. En cela ils se sont trompés ; ce remaniement a eu pour conséquence fatale d'embrouiller le problème si complexe que nous avons cherché à élucider.

Que les chartes soient fausses ou non, les faits qu'elles rapportent ne sont point en opposition avec les faits historiques de l'époque (1) et surtout avec le jugement de

(1) C'est l'opinion de M. l'abbé Angot, à laquelle nous nous rallions complètement en empruntant les termes de sa réponse à M. R. Latouche. Voir le *Bulletin de la Commission de la Mayenne*, t. XXIII.

Guillaume le Bâtard, dont personne ne peut suspecter l'authenticité incontestable ; et nous pouvons conclure que Guy de Deneré, le fondateur d'Auvers, est le même personnage que Guy de Laval, qui affirme solennellement à Domfront avoir donné Auvers à la Couture.

D'ailleurs les relations les plus intimes ne cessèrent d'exister pendant plusieurs siècles entre les seigneurs de Laval et le prieuré d'Auvers. Auvers adopta le surnom de Hamon, pour marquer davantage la reconnaissance des moines envers le second seigneur de Laval, sous lequel le prieuré et le bourg prirent leur importance et leur développement.

En 1158, lorsque Guy de Laval fonda l'église de la Trinité, il voulut que parmi les quatre religieux qui devaient la desservir, il y en eût un tiré du prieuré d'Auvers et entretenu aux frais de ce même prieuré (1).

En 1190, Geoffroy de Sonnais, prieur d'Auvers, ne se contenta pas de sa charte pour l'opposer à ceux qui méconnaissaient ses droits, il en demanda encore la confirmation à l'héritier du fondateur. Guy V de Laval renouvela volontiers aux moines de la Couture et spécialement à ceux qui habitaient la maison d'Auvers, toutes les concessions faites par son père et ses ancêtres (2).

(1) Cartulaire de la Couture, n° LXXIII.
(2) Cartulaire de la Couture, n° CLIV.

LE
PRIEURÉ D'AUVERS-LE-HAMON
AU MOYEN-AGE

D'après ce que nous pouvons conclure du jugement de Guillaume-le-Bâtard, Guy I de Laval, seigneur de Deneré, avait donné au moine Guérin, son château et son domaine d'Auvers pour en faire un prieuré dépendant de l'abbaye qu'il voulait fonder à Laval. Après l'insuccès du malheureux moine, Guy offrit aux moines de la Couture le monastère de Sainte-Marie d'Auvers avec tous les droits féodaux qu'il possédait sur le bourg et sur le domaine. Le comte du Maine accorda l'indemnité du fief, qui fut retiré de la sujétion de Champagne et rattaché nûment au comté du Maine.

Guy de Laval cédait au prieur :

1º Les droits ecclésiastiques usurpés par ses ancêtres, tels que la dîme, les oblations ou droits perçus sur les sépultures, les naissances et les mariages. Tous les habitants de la paroisse y étaient assujettis.

2º Les droits féodaux, honorifiques ou réels. Il avait constitué avec la maison priorale, le domaine et le bourg, un fief ou seigneurie, qui, sous le nom de châtellenie et plus tard de baronnie, avait droit de haute, moyenne et basse justice ou voirie sur les habitants du bourg et du domaine. D'après la coutume du Maine, chaque fief possédait des

2

droits féodaux qui étaient une source de profits. Les prin-
cipaux étaient l'hommage ou service, les cens, les lods et
ventes, les rachats, les profits ou aventures de fief, les ban-
nalités du four, du moulin et du pressoir, et les coutumes
ou redevances de toute nature.

L'aveu de 1546 par Adam Fumée au comte du Maine,
énumère tous les droits que le prieur prétendait posséder
en vertu de l'acte de fondation. Nous le reproduisons à
cause de l'intérêt historique qu'il présente.

« Sensuyt la déclaration des choses héritaulx que nous,
Adam Fumée, évesque de Columbre, prieur de Nostre-
Dame d'Auvers-le-Hamon, dépendant de l'abbaye Saint-
Pierre-de-la-Coulture près le Mans, tenons et advouons
tenir en nuesse de vous, le Roy, nostre souverain seigneur
à cause de vostre compté du Maine, au service divin, en
garde et en ressort ; c'est àscavoir : le hébergement et
principal circuit édiffié sur partie du vieil et ancien chasteau enclous de murailles et doulvés de nostre dict prieuré
d'Auvers-le-Hamon, contenant tant en principal manoir,
granges, estables, celiers, grainiers, pressouer, four à ban,
prisons, court, et jardins, un journau et demy de terre
environ, sis près et joignant d'un costé l'église parochiale
dud. Auvers en partie, partie aux hoirs Jehan Esnault,
d'aultre coté le chemin tendant d'Auvers à Sablé, et est
en ce comprins une place vuide estant entre l'église et
nos celliers sur le petit cimetière, en la quelle place les
boullangiers et marchands détaillent et vendent leurs marchandises.

Et davantage les domaine, fief, seigneurie, estangs, garennes, fuye, rivières, chasses, bois, prés, vignes, bois
tant marmantal que taillis, terres arables et non arables,
cens, rentes, devoirs, obéissances, appartenances et dépendances de nostre prieuré d'Auvers-le-Hamon, cy après
déclarés, tenus immédiatement de vous le Roy, nostre

prince et souverain seigneur, à cause de vostre compté du Maine, au service divin :

Premièrement le Domaine que tenons en nostre main et aultres choses que nous et nos prédécesseurs baillent a moitié a titre de service ou protestation annuelle, c'est à scavoir : Item une pièce de terre nommée la Charnie au bout de laquelle est édiffié de nouveau un grand jardin où quel est nostre fuye ou collombier à pigeons, contenant cinq journaux environ.

Item les bois appelés Bois d'Auvers, trente-cinq journaux.

Item les métairies de la Pillerie, la Fraudière, la Pouillère.

Item les courtelleries de la Vauloyère, Maudescend.

Item les closeries de la Petite-Auvière, Launay, le Petit-Estang.

Item nostre moulin à bled de la Roche, et place à faire autres moulins à nostre plaisir et édifier batiment.

Item nostre moulin à bled de Rimer, portes, potineaux, droit de pêche, avec nos subgets et moutaux de tout ordre du bourg et plusieurs autres de la paroisse.

Item la rivière d'Arve depuis Gué-Flory jusqu'à Gué-Girard à laquelle rivière d'Arve avons garenne défensable à pesche à tout poisson et à tous engins tenables et licité y mettre et tenir challons, droit de passer et repasser par dessus toutes les chaussées des moulins et autres droits à la rivière d'Arve, avec toutes espaves, confiscations, forfaictures, et tous autres droits dus à tout chastelain, sur les rivières et au dedans de la dite chastellenie.

Item sensuyvent les cens, rentes, devoirs, hommes et hommages à nous deus pour raison du prieuré, avec droits, services, obéissance, prérogatives pécuniaires dus au jour de saint Jean-Baptiste.

Presque toutes les maisons du bourg sont tenues en censive du prieuré.

Pour raison duquel prieuré et choses dessus dictes, nous

sommes seigneur temporel, spirituel, fondeur de l'Eglise, seigneur du bourg, et avons droit de chatelnye, seigneur des grands chemins et audedans de notre domaine, fief et seigneurie, connaissant de tous les cas tant criminels que civils, sceaux et contracts, deux notaires, verres et mesures tant à bled que à vin pour bailler à nos subjects, espaves, levaiges, forfaictures, aulbenaiges, et autant adventures et proffits de fief, justice, cep, collier, prinsons et gibet à deux piliers à liens hors et devant pour punir les malfaiteurs, mesme droit de les prendre audedans de notre fief et seigneurie du prieuré, soit homme, soit femme forain ou sujet, pour quelque cas que ce soit criminel ou civil, de mesme nos subgets qui auroient délinqué et forfaict audedans de la chatelnie de Champagne-Hommet, de les mener à nos prisons et faire lad. justice et faire leurs procès par nos officiers. Avons droit de garenne défensable à counins, fuye et colombier à pigeons, chasse et trésure à cry et à cor à toutes bêtes tant rouges que noires, et à toute manière de fileter, sans que nul ait le droit de chasser et trésurer sans nostre congé et licence; et ne doivent nos subgets ni autres personnes avoir arbalestres ni baton afin filleter à counins, perdrix, lièvres, faisans, ni grosses bestes, sous peine de confiscation et amende.

Et davantage toutes les maisons du bourg nous doivent une corvée à fanner et à vendanger.

Item droit de ban de vendange et de vendre vin selon la coutume du pays.

Item tous les manans et habitans du bourg nourrissant porc me doivent un denier par porc le jour de l'Assomption.

Item tous les bouchers vendant viande en détail, me doivent chacun un quartier de mouton.

Item il y a dans notre fief et seigneurie cinq quartiers de vignes, qui nous doivent terraige, sans compter la dîme qui est à la onzième partie des fruits y croissants, lesquelles choses nous appartiennent à cause de l'ancienne fondation de notre prieuré d'Auvers, et les terrains tenus de vous nostre souverain seigneur à cause de vostre Compté du Maine en garde et en ressort avec participation au service divin que nous fuimes tenus faire et célébrer par chacune semaine en l'église d'Auvers-le-Hamon.

Faict le dixième jour de febvrier mil cinq cent quarante-six. Signé Fumée. Christophe Poton et Isaac Poton, notaires (1). »

Aucun détail ne nous est parvenu sur les débuts des moines dans leur œuvre de colonisation et de propagande religieuse pendant plus d'un siècle. Ils se mirent au travail sans bruit ; ils formèrent une communauté de religieux bénédictins sous la conduite d'un prieur, et la vie conventuelle y était assez florissante pour que Guy IV de Laval songeât à y prendre un religieux prêtre pour l'adjoindre aux trois autres moines du prieuré de Priz chargés de desservir l'église de la Trinité, en 1158.

Le bourg prit aussitôt de l'accroissement : car les manants tracassés par les exigences des seigneurs, recherchaient l'autorité plus paternelle du prieur : de là est venu cet axiôme souvent répété au moyen-âge : il fait bon vivre sous la crosse.

L'abbaye de la Couture, qui était alors au plus haut degré de prospérité fit les avances pour l'exploitation du domaine, le défrichement des terres, la construction des métairies, des bâtiments du prieuré et de l'église.

C'est en effet au XIIᵉ siècle qu'il faut faire remonter la construction de l'église, pour laquelle le fondateur avait donné un terrain devant la porte du château, celle du cellier, qui se fait encore remarquer par ses étroites ouvertures et ses larges proportions, et celle de la grange dimeresse qui se trouvait à la place ou s'élèvent aujourd'hui les bâtiments de la ferme. Le logis du prieuré, remanié à di-

(1) Copie d'Aveu, au chartrier de Juigné.

verses époques, a conservé quelques vestiges des premiers temps, notamment une curieuse cheminée de cuisine de forme cylindrique.

C'est vers 1190 qu'apparaît dans les actes le premier prieur connu d'Auvers, Geoffroy de Sonnais, a qui vraisemblablement peut être attribué le mérite de ces travaux. Il entreprit énergiquement la revendication des droits de son prieuré contre les seigneurs voisins toujours prêts à usurper les biens d'église. Il commença par se faire octroyer par Guy de Laval une nouvelle reconnaissance des droits conférés par ses ancêtres et en particulier de ceux qui lui étaient contestés.

« Sachent tous présents et à venir que moi, Guy le Jeune, cinquième seigneur de Laval, j'ai donné à l'abbaye de la Couture et spécialement aux moines qui habitent la maison d'Auvers la coutume qui se perçoit au jour de l'Assomption Notre-Dame sur la place publique et ailleurs. Je confirme la possession de toutes les aumônes faites par mon père et mes prédécesseurs. J'exige qu'il n'y ait dans le bourg d'Auvers d'autre four que celui des moines, et pour que cet acte soit valable je l'ai fait revêtir de mon sceau. Témoins : Hamelin Lenfant, — Foulques Lenfant, senéchal héréditaire de Champagne. — Robert d'Epineux, — Raoul de Brée et plusieurs autres (1). »

Geoffroy de Sonnais assigna devant le sénéchal du Maine Bouchard de Monceaux, qui lui contestait le droit de percevoir des taxes sur l'étalage des marchandises sur la place le jour de l'Assomption. Il soutenait que Robert de Monceaux, père de Bouchard, avait abandonné les droits qu'il pouvait avoir lorsque son fils H. s'était fait moine, et qu'il pouvait citer un témoin l'ayant vu déposer son don sur l'autel Sainte-Marie d'Auvers. Bouchard consentit à renoncer à ses prétentions à condition que Mathieu Descopeille vint affirmer

(1) *Cartulaire de la Couture*, nº CLIV, p. 125.

par serment devant la cour de Chemeré-le-Roy qu'il avait assisté à la donation de Robert. En conséquence, Geoffroy Mauchien, sénéchal du Maine, qui se trouvait à Chemeré, rendit un jugement en faveur du prieur.

Bouchard soutenait aussi que ces hommes n'étaient pas obligés de faire cuire leur pain au four banal : une seconde sentence de Geoffroy Mauchien, condamna les hommes de la sujétion de Bouchard à porter leur pain cuire au four des moines.

Le prieur avait aussi à se défendre contre les seigneurs voisins qui affichaient des prétentions sur ses propriétés dans l'espoir qu'un procès leur vaudrait une compensation pécuniaire. Robert Botin revendiquait certains bois qui appartenaient au prieur, mais il ne put produire devant le sénéchal les pièces probantes d'un droit qui n'existait que dans son imagination. Le différend se résolut par une transaction. Geoffroy de Sonnais pour le bien de la paix offrit à Robert Botin une somme de 20 sols mansais et à son fils aîné 12 deniers et fit ainsi consacrer un titre de légitime possession.

Guillaume Sanguin avait fait construire dans le bourg d'Auvers un four pour lui et ses hommes, (1200).

Geoffroy Mauchien, par une sentence portée à Auvers même, le condamna à démolir son four. A titre de compensation pour sceller une paix durable, le prieur donna à Guillaume Sanguin 40 sols, à sa femme Théophanie, 12 deniers, à son fils et à sa fille, chacun 6 deniers.

Une difficulté plus sérieuse fut suscitée à Geoffroy de Sonnais par Brun d'Auvers, chevalier, seigneur de Souligné-sous-Champagne et frère de Robert d'Auvers, seigneur du Plessis. Brun avait eu en partage la seigneurie de Souligné qui avait été démembrée du Plessis et qui étendait sa juridiction sur la plus grande partie de la paroisse. Il avait un manoir dans le bourg et il ambitionnait le pouvoir d'y exercer la justice au détriment du prieur. Il possédait aussi le moulin de la Roche dont la moitié avait été donnée au prieur par l'acte de fondation. Cette mitoyenneté avait dû être la cause de chicanes.

Geoffroy de Sonnais avait fait construire un moulin à la chaussée de son étang pour les habitants du bourg. Brun d'Auvers, croyant ses intérêts lésés, fit brûler le moulin de l'Etang par son fils Gervais.

Le prieur cita Brun et Gervais d'Auvers devant le tribunal ecclésiastique de l'évêque du Mans pour crime d'incendie des biens de l'église.

Après de nombreuses procédures, l'évêque Hamelin nomma une commission d'enquête composée de Pierre, grand-chantre de Saint-Julien, de Foulques, doyen de Saint-Pierre-la-Cour, de Guillaume et Benoît, archidiacres pour informer des faits et proposer un accommodement. Les commissaires furent assez heureux pour faire accepter par les parties adverses la transaction suivante que Hamelin confirma par une sentence.

Brun d'Auvers abandonna au prieur la cinquième partie du moulin de la Roche et reçut en échange la cinquième partie du moulin de l'Etang. La mouture sèche qui revenait à chaque propriétaire, après la part du meunier, devait être renfermée à chaque moulin dans un coffre à deux clés et partagée par moitié. Liberté était donnée à tous d'aller au moulin qui leur conviendrait.

Brun d'Auvers reconnut la suzeraineté du prieur sur le bourg et l'hommage qu'il lui devait pour son hébergement et pour tout ce qu'il possédait dans le bourg. Le prieur lui céda la moitié des droits de lods et ventes, des hasards de fief, ainsi que des amendes prononcées par son bailli. Il précise qu'il a droit de justice absolue sur ses serviteurs et sur les délits commis dans l'enceinte du monastère. Quant aux crimes ou délits, commis en dehors des portes du prieuré, il est stipulé que les délinquants seront confiés à la garde de Brun jusqu'à leur comparution devant la cour priorale. Pour rémunérer le concours que le chevalier devra porter au bailli pour la garde des prisonniers et l'exécution de la sentence, celui-ci aura la moitié des amendes, à moins que le prieur n'en fasse remise. (1)

Cette transaction diminuait sensiblement l'autorité du prieur qui gardait, il est vrai, la connaissance des causes par son bailli, mais était obligé de subir l'ingérence d'un étranger et de partager les profits avec lui.

Nous verrons plus tard les seigneurs de Juigné, successeurs des seigneurs de Souligné, abuser de ce document pour se proclamer seigneurs d'Auvers et exercer dans le bourg des droits de juridiction malgré les protestations des prieurs.

Foulques Lenfant, seigneur de Varennes, vint à son tour attaquer le prieur au sujet des dimes de la Fraudière et d'Etranglechien, des novales de Touche-Sainte, et d'une closerie appelée la Touche-Machabeire. Il renonça à ses prétentions sur les dimes moyennant une rente de cinq sols mansais payable le lendemain de l'Assomption. Il profita de l'occasion pour se décharger de l'obligation de veiller à la garde du bourg en temps de guerre en qualité de sénéchal de Champagne, (1219).

En 1199, Auvers eut une visite royale, celle de Jean-Sans-Terre, roi d'Angleterre et comte du Maine, amené là par le célèbre Guillaume des Roches, seigneur de Sablé, sénéchal de l'Anjou et du Maine, qui avait caressé l'espoir de réconcilier le roi anglais avec son neveu Arthur, fils de Richard Cœur-de-Lion. La preuve du séjour du roi Jean nous est fournie par une charte datée du 18 septembre 1199 délivrée à Auvers, dans laquelle il promettait de s'en remettre à l'arbitrage de Guillaume des Roches et à celui des chevaliers choisis de part et d'autre pour rétablir la paix entre lui et Arthur. (2)

(1) *Cartulaire de la Couture*, p. 128.
(2) Voir *Séjours et Itinéraires de Jean-Sans-Terre dans le Maine, 1199-1203 (Revue du Maine*, tome LXI, p. 251).

Il est probable que le prieur fut obligé d'héberger son hôte royal et sa suite en vertu du droit de gîte pour les souverains dans les monastères.

Geoffroy de Sonnais avait gouverné le prieuré d'Auvers assez longtemps pour le porter au plus haut degré de prospérité. Nous ignorons l'époque de sa mort qui dut arriver après 1220.

Les conciles avaient décrété que les fonctions curiales fussent retirées aux religieux comme incompatibles avec la régularité et que les prieurs isolés rentrassent à leur abbaye. Nous ignorons à quelle époque le prieur d'Auvers céda l'administration de la paroisse à un vicaire perpétuel, qui est désigné dans les actes sous le nom de presbyter ou curé ; ce fut apparemment à la fin du XIIe siècle.

Ce curé, à la nomination du prieur ou de l'abbé de la Couture eut pour sa subsistance la huitième partie des dîmes, c'est ce qu'on appelait le gros, les dîmes novales, c'est-à-dire sur les terres nouvellement défrichées et une partie des oblations. Les religieux du prieuré célébraient leurs offices dans la chapelle Saint-Pierre ; mais le prieur, en qualité de curé primitif, se réservait le droit d'officier solennellement à l'église aux quatre plus grandes fêtes de l'année.

Il y eut en 1259 entre le prieur et le curé au sujet des dîmes de Mondon, une contestation qui se termina par une transaction. Le prieur garda les dîmes de Mondon mais céda au curé celles de Bourbalay et de la Morelière. Il fut convenu en outre que le curé aurait droit chaque année au mois d'août de prendre deux airées de paille de seigle lorsque le prieur ferait battre ses grains.

Pendant le XIIIe siècle, le prieuré d'Auvers semble avoir atteint l'apogée de sa prospérité : la piété et la régularité des moines excitaient la générosité des fidèles animés des sentiments d'une foi profonde et désireux de racheter leurs péchés par des aumônes. Nous aurons à enregistrer de nombreuses donations. Hugues de la Vallée donne au prieur le tiers de son patrimoine consistant en vignes ; celui-ci en retour lui concéda à ferme, sa vie durant, la métairie de Maudessan, moyennant une redevance de sept setiers de blé et la charge de lever la dîme de blé et de vin au delà du Treulon, (Février 1235). Nicolas Toutcœur lui vend une touche de bois pour quarante sols mansais, (1241).

Dans le dernier quart du XIIIe siècle apparaît comme prieur Hugues Gaudin qui imprima un nouvel essor aux générosités en faveur de son bénéfice, comme nous l'apprend le cartulaire.

Julienne la Bernière fit don de plusieurs pièces de terre et de pré avec jouissance pendant sa vie, (1282).

Agnès la Raleste donna tous ses biens. Le prieur acquit les Touches, les Nerdousières, augmenta ses bois et acquit des rentes foncières.

Le plus généreux de tous les bienfaiteurs fut Robert Sanguin qui possédait un manoir dans le bourg. Par acte du 5 mars 1281 il fit donation de tous ses biens au prieuré.

« Saichent tous présens et avenir qui cestes présentes lettres verront, que en nostre présence en droit estably Robert dit Sanguin, de la paroisse de Auvers-le-Hamon, se donna et donne de sa bonne volunté, o tous ses biens meubles et immeubles présens et à venir et o tous ses droicts, à Dieu et à labbaye de Sainct Père de la Couture du Mans et au prioré de Auvers-le-Hamon.....

Et fut faict et donné au jour de mercredi après *Invocavit me*, en l'an de grâce mil deux cens quatre vingts. » (1)

Les biens qui faisaient l'objet de la donation semblent assez considérables si l'on en juge par l'énumération des fiefs dont ils dépendaient féodalement. Ils produisaient un revenu de vingt livres.

(1) *Cartulaire de la Couture*, p. 303 et seq.

Dans l'acte de donation, Robert Sanguin promettait de ne pas revenir sur sa décision, se contentant de l'usufruit pendant sa vie. Mais, il sembla regretter de s'être engagé à la légère, puisqu'il prit le parti de se marier. Il est vrai que par ce mariage il n'y avait rien de perdu pour Hugues Gaudin qui y trouvait un avantage pour sa famille. Robert avait en effet jeté les yeux sur sa propre nièce, Julienne la Gaudine, qui acquiesça volontiers aux désirs du vieux gentilhomme.

Le contrat de mariage fut signé le 19 août 1284.

« Robert Sanguin, fiuz feu Guillaume Sanguin, de Auvers-le-Hamon, sotroïa et se consentit par non de mariage à Juliane la Gaudine nièce frère Hue priour de Auvers, et la prent désorendreit à fame et à espouse, se seint Yglène y poet consentir, e donne et ostroie à la dite Juliane en pure et perpétuel aumosne, à fère haut et bas toute sa plénière volonté, la tierce partie de toutes les choses immobles et héritaux que icelui Robert a et poet avoir en quexque fiez, en quexque leux et en quexque paroisses que iles soient assises, o tout le dreit que il avoit et poait avoir et l'en establit désorendreit propriétaire. Et se il avenait que ceste dite dounoison fust anientée en tout ou en partie, e le dit Robert morait avant que la dite Juliane sans heir né et procréé de eus dous en mariage, le dit Robert donne désorendreit a la dite Juliane en pure aumosne dous cenz livres de tournois en monaie corante, à prendre et à percevoir sur touz les biens du dit Robert mobles et immobles. Fet et donné ou jour de samedi après la meaoust, en lan de graice mil II° quatre vinz et quatre. »

Robert Sanguin était mort au mois de novembre 1292, car nous voyons Foulques Lenfant, seigneur de Varennes, au nom de ses deux neveux Guillaume et Geoffroy Sanguin, frères puinés de Robert, contester la légitimité de la donation. Ceux-ci se désistèrent et laissèrent le prieur jouir en paix de l'héritage de Robert Sanguin.

Foulques du Breil fit don à Hugues Gaudin du fief du Verger, en 1310.

Les biens ecclésiastiques étaient sujets à un droit d'amortissement, nommé finance, au profit du seigneur suzerain : celui-ci pouvait de temps en temps réclamer une taxe pour les nouveaux acquêts. Le Maine était alors au pouvoir de Charles de Valois, comte d'Alençon, de Chartres et d'Anjou, remarquable par son insatiable avarice. Il obligea donc le prieur d'Auvers à lui payer la somme de 70 livres tournois d'indemnité pour les nouveaux acquêts faits depuis quarante ans et dont l'énumération est contenue dans la charte de 1294.

Ces dons successifs marquent une ère de prospérité pour le pays qui avait ressenti la bienfaisante influence du règne de saint Louis, et en même temps la profonde vénération qu'on portait à Hugues Gaudin. Ses vertus et ses capacités lui méritèrent l'honneur d'être élu abbé de la Couture, à la mort de Gervais, le 7 novembre 1311.

Par son testament Hugues Gaudin légua à l'abbaye de la Couture le manoir du Verger avec toutes ses dépendances pour la fondation de deux services anniversaires.

Il mourut en 1324. Son successeur comme prieur d'Auvers fut Guillaume de Lucé qui ne nous est connu que par un acte de 1313 où il est obligé de financer pour une somme de huit livres deux sols huit deniers entre les mains du bailli du Maine pour le compte de Charles de Valois.

A partir de cette époque jusqu'à la fin de la domination anglaise, nous ne connaissons rien sur le prieuré d'Auvers : les documents ont disparu pendant les troubles de la guerre de Cent-Ans. Nous n'avons pu retrouver qu'un seul nom, celui de Jean des Monts, prieur d'Auvers, assassiné dans une rixe par Gervais Lefebvre, maréchal, qui obtint des lettres de rémission du roi Charles VI, le 5 février 1385 (1).

(1) *Archives historiques du Maine,* tome I, p. 312 et 313.

PRIEURS COMMENDATAIRES

La vie conventuelle régna dans le prieuré d'Auvers depuis sa fondation jusqu'au XIVe siècle : ce fut l'époque de sa prospérité ; mais les dons et les aumônes disparaissent aussitôt que le prieur vit isolé : d'ailleurs celui-ci perd son influence soit parce qu'il montre trop d'âpreté dans la revendication de ses droits, soit parce qu'on fait retomber sur lui l'impopularité de ses officiers.

Les guerres incessantes qui se prolongèrent pendant plus d'un siècle, diminuèrent les revenus des prieurés de campagne exposés par leur isolement aux déprédations de tout genre. Les prieurs furent obligés d'aliéner une grande partie de leurs possessions afin de payer les impositions levées sur le clergé et les dépenses des compagnies de soldats anglais ou français cantonnés dans le pays, sans compter les exactions et les pillages des Routiers, Cottereaux, Tardvenus, qui rançonnaient sans pitié sur leur passage les paisibles habitants et surtout les gens d'église.

Des abus s'étaient glissés dans les établissements religieux à la faveur de ces désordres, et les conciles de Latran et de Bâle avaient décrété que, dans tous les monastères où la vie conventuelle avait cessé, les prieurs isolés devaient rentrer à l'abbaye-mère. Il n'y eut donc plus de prieur en résidence à Auvers.

Un autre abus vint encore achever la ruine des prieurés : c'était la commende.

Vu la misère des temps, la nécessité de reconstruire par le pied les habitations des moines et des métayers, ruinées par la guerre, le Saint-Siège accordait à un même religieux pendant sa vie seulement la jouissance de plusieurs bénéfices : c'est ce qu'on appelait la commende. Après le concordat de François Ier, en 1517, la commende fut la règle générale, et le roi qui avait la nomination des bénéficiers choisissait des personnages plus recommandables comme fonctionnaires que comme ecclésiastiques et payait les services de l'Etat avec les revenus des biens d'église.

Les titulaires du prieuré restèrent étrangers à la vie paroissiale, sauf quelques exceptions : leur rôle se borna à faire administrer leurs biens par des hommes d'affaires.

Au XVe siècle, Gérard de Lorière, abbé régulier de la Couture, avait obtenu en commende les prieurés de Solesmes et d'Auvers : il s'efforça de réparer les désastres causés par la guerre de Cent-Ans, et de soutenir énergiquement les droits de ses bénéfices.

En 1446, nous le voyons figurer dans un célèbre procès avec l'abbaye de Bellebranche, au sujet du moulin de la Roche.

Nous avons vu qu'en 1190 Brun et Gervais d'Auvers possesseurs de ce moulin, en avaient cédé la cinquième partie au prieur d'Auvers en échange du cinquième du moulin de l'Etang.

En 1235, Robert du Breuil, héritier de Gervais d'Auvers, avait vendu à l'abbaye de Bellebranche la moitié du moulin de la Roche et le cinquième du moulin de l'Etang. Plus tard Bellebranche acquit l'autre moitié.

Or pendant les guerres qui désolèrent le Maine sous Charles VII, le moulin de la Roche avait été ruiné, et les moines, qui possédaient les moulins de la Vieille-Panne et du Bas-Ecuré, ne s'étaient pas mis en peine de reconstruire le moulin de la Roche ; ils en avaient même enlevé les roues et les meules.

Le prieur d'Auvers, qui, d'après l'accord de 1190, avait droit à la cinquième partie du moulin et à la dîme sur la mouture, voulut obliger Bellebranche à le mettre en état, et sur le refus des moines, il n'hésita pas à faire saisir les revenus du fief du Haut-Ecuré, estimant à deux cents livres tournois le dommage qui résultait pour lui de la ruine du moulin depuis vingt-cinq ans.

Cet acte d'énergique revendication décida les moines de Bellebranche à entrer en composition, et un accord fut signé entre Gérard de Lorière, abbé de la Couture et prieur d'Auvers, et Etienne, abbé de Bellebranche, aux termes duquel celui-ci offrit au prieur la pleine et entière possession du moulin de la Roche, avec ses potineaux, îles, chaussées, écluse, maison du meunier, à charge par le prieur d'Auvers de payer un denier de cens une fois seulement pendant sa vie, (10 septembre 1446). (1)

Le moulin de la Roche devint ainsi la propriété exclusive du prieur, qui s'empressa de le faire reconstruire avec les matériaux du moulin de l'Etang, qui fut aboli.

Guillaume Richomme, bénédictin de la Couture, fut sans doute le dernier prieur régulier, (1507-1513).

En 1527 François Ier nomma abbé de la Couture Adam Fumée, un de ses favoris, qui l'avait accompagné dans son expédition d'Italie et en avait rapporté un titre d'évêque de Colombe *in partibus*. Celui-ci donna le prieuré d'Auvers à son frère Hardouin Fumée. Le nouveau prieur nous a laissé une preuve de son zèle pour l'administration de son bénéfice en faisant copier à ses frais dans le chartrier de la Couture les chartes qui se rapportaient à Auvers, pour en former un très beau volume sur papier, connu sous le titre de Cartulaire d'Auvers-le-Hamon, en 1538. (2)

Comme son frère il était grand ami des littérateurs et des artistes de la Renaissance. Quoique nous n'ayons aucune donnée certaine, il est probable qu'il fut l'inspirateur des peintures qui furent faites dans l'église à cette époque.

En 1544, Adam Fumée, ayant apostasié pour embrasser le protestantisme, fut déposé de l'abbaye de la Couture, ce qui ne l'empêcha pas de se faire céder le prieuré d'Auvers par son frère, car nous le trouvons au 9 février 1546 ren-

(1) *Cartulaire de la Couture*, p. 357.
(2) Ce cartulaire d'Auvers fait partie de la bibliothèque des Bénédictins de Solesmes.

dant aveu au roi comme comte du Maine pour son prieuré.

L'autorité ecclésiastique déclara que Adam Fumée en qualité d'apostat et de partisan de la religion réformée était inhabile à posséder des bénéfices ecclésiastiques, et le 9 mars 1546 Jean des Ursins, vicaire général du cardinal Jean du Bellay, évêque du Mans, nomma prieur Etienne Bougler, moine de la Couture, qui n'accepta pas, et ensuite Etienne Nourry, bénédictin.

Noble Bernardin de Saint-François obtint ensuite le prieuré d'Auvers. Cet ecclésiastique, né au château du Ronceray, en Marigné, d'une famille noble du Maine, parvint à une grande célébrité par ses talents et ses charges et mourut évêque de Bayeux en 1584.

Il échangea son prieuré d'Auvers en 1559 pour la dignité de grand doyen de l'église du Mans avec Charles Guillard des Epichelières, évêque de Chartres. Celui-ci ne songeait guère qu'à tirer profit des nombreux bénéfices qu'il tenait en commende et ne parut jamais à Auvers.

Soupçonné de favoriser l'hérésie de Calvin, il fut cité en cour de Rome et condamné ; mais il se maintint quand même sur son siège jusqu'à sa mort en 1573.

Il avait résigné le prieuré d'Auvers en 1565 à François Ménaut en se réservant une pension viagère.

Le nouveau prieur était un bénédictin de la Couture qui avait été abbé de l'Epau. L'hérésie s'était glissée dans ce monastère et avait rendu sa position intenable. Il reçut en compensation le prieuré d'Auvers dont il prit possession dans les circonstances les plus difficiles.

Le pays était bouleversé par les guerres de religion. Il s'appliqua a relever les ruines causées par la guerre civile. Son plus beau titre à la reconnaissance des paroissiens est la fondation du collège d'Auvers qu'il dota de la ferme de la Pouillère. Il y employa de ses économies, 250 écus d'or qu'il donna au général des habitants et dont le revenu devait servir au prêtre chargé d'instruire la jeunesse « en la reli-

3

gion catholique, bonnes mœurs et lettres d'humanité », en 1584.

Il mourut le 5 juin 1589.

Son successeur fut Michel de Bouju, clerc du diocèse de Rouen, qui fut remplacé en 1591 par Dom Louis Grudé, religieux de la Couture du Mans, docteur en théologie, qui devint plus tard aumônier du roi Louis XIII. René Leclerc, seigneur de Juigné et de Souligné, qui avait acheté en 1601 la baronnie de Champagne-Hommet, s'arrogeait à ces divers titres la seigneurie d'Auvers et prétendait en exercer les droits, même dans le bourg. Louis Grudé défendit énergiquement les droits que lui conférait l'acte de donation et maintint son titre de seigneur châtelain d'Auvers.

Il résigna son prieuré en 1633 en faveur de François de la Rivière, étudiant, clerc de l'Université de Paris, fils de François de la Rivière, conseiller du roi et trésorier général de la cavalerie légère de France.

Nous voyons apparaître en 1646 comme prieur commendataire Me Guillaume Camus de Saint-Vincent, conseiller-clerc au parlement de Paris, contre lequel plaida en vain Georges Leclerc, baron de Juigné, au sujet du droit de prévoté sur Auvers.

Guillaume Camus venait passer ses vacances à Auvers où nous le voyons sans cesse mêlé à la vie paroissiale et en rapports constants avec la noblesse et la bourgeoisie du pays. Il fit restaurer les bâtiments du prieuré et c'est à lui qu'est due la construction de la grande salle et de l'escalier d'honneur.

Il mourut en 1672 après avoir résigné à son frère Louis Camus, également conseiller-clerc au Parlement : il eut à lutter contre la compétition de Louis de Morillon, religieux de Saint-Germain de Paris, nommé par l'abbé de la Couture et finit par se maintenir en possession jusqu'à sa mort en 1687.

Il fut enterré dans l'église Saint-Séverin de Paris où l'on

a retrouvé récemment son épitaphe gravée sur une plaque de cuivre.

ICY EST LE CORPS DE MESSIRE
LOVIS CAMUS PRIEVR DE
NOSTRE DAME D'AVVERS
LE HAMON CONSEILLER
DV ROY EN SA COVR DE
PARLEMENT DÉCÉDÉ LE
7me AOVST 1687 AGGÉ
DE 53 ANS.
PRIEZ DIEV POVR SON AME.

Son neveu, Me Louis Camus des Touches, excipa d'un acte de résignation in-extremis de son oncle pour se maintenir en possession du prieuré contre dom Maurice Chevreau pourvu par l'abbé de la Couture.

Jacques-Louis de Permangle, prêtre, est nommé prieur en 1693.

On tenta, en 1704, de réunir le prieuré d'Auvers au séminaire de Duneau, que voulait fonder Jacques Cryé, curé, mais les bénédictins de la Couture s'y opposèrent.

Dom Jacques Chevreau, de 1704 à 1715.

Dom Léonard Descordes, prieur de Saint-Sulpice de Vierzon, 1715 à 1747.

Dom Jacques de Launay, bénédictin, 1747-1760.

Dom Julien-René Massé, prieur claustral de l'abbaye de Saint-Florent de Saumur, fut le dernier prieur commendataire d'Auvers, 1760-1790.

Le prieur affermait par bail l'exploitation générale du domaine et la levée de la dime. Les revenus varièrent avec le temps et subirent une progression en rapport avec le prix de l'argent.

Antoine Leroy était fermier général en 1644.

Louis Péan, en 1687, payait 2,000 livres.

Julien Métairie, mort en 1718.

Jean Géré, sieur de la Tesnière, le prit à bail pour 2,400 livres.

Les charges s'élevaient à 1,800 livres.

François Acharie fut fermier jusqu'en 1771.

Jacques Le Lasseux, de Chantenay, de 1771 à 1779.

Louis Le Lasseux de la Fosse fit un bail de neuf ans en 1779 et le renouvela en 1787.

Ce bail comprenait tout le temporel du prieuré, maison priorale, où il habitait, métairies, closeries, moulin, bois, les cens et rentes, la moitié des lods et ventes et des hasards de fief, pour la somme de 8,000 livres, à la charge d'acquitter le gros au sieur curé d'Auvers, de donner à dîner au curé et à ses chapelains aux quatre grandes fêtes de l'année, de faire tous les charrois à trois heures de distance du prieuré, pour les réparations des métairies, closeries, moulin, chaussées et dépendances, de faire dire à ses frais les messes et services divins de fondation, jusqu'à la concurrence de 200 livres, de rétribuer le bailli, le procureur, fiscal et le greffier, ainsi que les taxes de décimes imposées par la Chambre ecclésiastique du diocèse et qui s'élevaient à la somme de 1,600 livres.

La révolution confisqua tous les biens ecclésiastiques et les mit en vente en 1791.

Le domaine du Prieuré, la Pillerie, Launay, la Petite-Auvière et le moulin de la Roche furent adjugés à M. Louis Le Lasseux, fermier général, pour la somme de. . . . . 72,750 livres.

La Fraudière, à Louis Gallet, de Solesmes . 13,500 —

La Vaulovère, à Etienne Brossard, de Sablé. . . . . 8,400 —

Maudessau, à Julien Noyer, de Ballée . . 8,000 —

Les Bois d'Auvers, à Louis Goulet de Paris 20,000 —

La Ralletière, de l'Abbaye, à Guillaume Lemotheux, d'Auvers . . . . 22,100 —

Gauduçon, de l'Abbaye, à Guillaume Lemotheux, d'Auvers . . . . 27,700 —

Le Verger, de l'Abbaye, à Guyot et Loril-
leux, de Sablé. . . . . 3,500 —

Les Touches, à l'Abbé, à Louis Goulet, de
Paris . . . . 17,700 —

            Total. . . 193,650 livres.

Extrait de la Revue historique et archéologique du Maine.

Tomes LXV-LXVI, 1909.

Mamers. — Imprimerie Fleury. — 1910.